LA VIE DE IOSEPH, VICEROY D'EGYPTE,

ESCRITE EN VERS FRANÇOIS, conformément au Texte de la Ste Bible.

Où il se voit quelle doit estre la conduite des Princes, & quel le deuoir des Sujets.

DEDIE' AVX LECTEVRS.

Pour la gloire de Dieu & de la sainte Vierge sa Mere.

A PARIS,

Et se vendent deuant le grand Portail de l'Eglise Cathedrale de Nostre Dame.

M. DC. XLVIII.

Auec Priuilege & Approbation.

AV LECTEVR.

MOn cher Lecteur ; *Ayant fait imprimer cy-deuant l'Histoire admirable du Saint Patriarche* TOBIE; *Ie vous donne en suite celle de* IOSEPH, *miraculeux Vice-Roy d'Egypte. Vous sçauez qu'il y a dans sa Vie quantité d'euenemens remarquables : Voila pourquoy ie vous la presente icy, pour former la vostre sur vn si excellent modelle. Si vous le faites, ie ne doute point qu'il ne vous en reuienne vn grand fruit, & qu'en imitant cet Homme Illustre en Pieté, vous ne receuiez comme luy du Pere de toute consolation, des graces & des faueurs signalées. Vous les trouuerez descrittes dans ce petit Ouurage; Où vous m'excuserez, comme i'espere, si ie n'ay apporté ny le choix des mots, ny l'ornement des parolles, dont se parent ordinairement les Liures prophanes ; Car celui-cy se pouuant dire sacré, m'a obligé de n'y toucher que comme aux choses sacrées, c'est à dire d'en traitter le sujet auec vne Religieuse veneration : Ce que vous connoistrez ie m'asseure, si vous le lisez attentiuement, pour le salut de vostre ame. Adieu.*

Approbation des Docteurs.

NOVS sous-signez Docteurs en la sacrée Faculté de Theologie à Paris : Certifions auoir leu vn petit Liure en vers François, contenant *l'Histoire de Ioseph, par le sieur* DE SAINT PERES, auquel n'auons rien trouué contraire à la Foy Catholique, Apostolique & Romaine, ou aux bonnes mœurs, ains le iugeons vtile, pieux & digne d'estre leu. En foy dequoy nous auons donné la presente Approbation. A Paris ce 4. Octobre 1647.

L. RIVIERE, Religieux Augustin.

F. HIEROSME MOREL, Religieux Augustin.

LA VIE DE IOSEPH, VICE-ROY D'EGYPTE:

ESCRITE EN VERS FRANÇOIS conformément au Texte de la S.te Bible.

QVelle Sainte fureur s'empare de mes sens ?
Et me fait souspirer tant de sacrez accens,
Dedans ma Solitude, escarté du grand monde,
Ie les conte aux rochers, aux bois, à l'air, à l'on-
A qui la seule Echo, cette Nymphe de l'air, (de
Respond diuinement à la fin du parler.
I'estois sur le discours d'vn diuin Patriarche,
Qui foule maintenant de ses pieds la Sainte Arche,
Ie chantois son Trophée, & comme encore enfant
Il fut de tous les siens genereux Triomphant.
C'estoit au beau Prin-temps, où la belle verdure,
Resiouït l'Vniuers; & la Mere Nature
Esmaille les Iardins de ses aymables dons;
Où le gay Rossignol passe mille fredons;
L'Aurore du beau jour estoit toute dorée
Et d'vn concert d'oyseaux par leurs chants adorée;
Lors qu'insensiblement i'entre en vn paradis
Tout pareil à l'Eden, où nos Peres jadis,
Charmez de volupté, perdirent l'innocence,
Qu'ils auoient apportée en ce lieu de plaisance;

Leur nef ayant fait bris, les mortels langoureux
Dans vn gouffre profond eschoüerent comme eux :
Mais Dieu, pour reparer la premiere malice,
Enuoya luire icy son Soleil de Iustice ;
Où vas tu, temeraire ? arreste icy tes pas,
Ce sujet est trop haut, tu ne le connois pas.
Reuenons au jardin, où cette matinée
Ie resuois à Ioseph, & à sa destinée ;
Ioseph, qui fut le cœur de son Pere Israël,
Ainsi que Benjamin, tous deux fils de Rachel ;
Iacob les cherissoit ; c'estoient les doubles Poles,
Qui portoient le vieillard sur leurs jeunes espaules.
Mais l'objet de l'Enuie, & de cette rancœur,
Que leurs autres germains fomentoient dans le cœur.
O grand Dieu d'Israël, donnez à ma memoire,
D'en publier icy la veritable Histoire.
Apres la triste mort de la belle Rachel,
Iacob desia chenu, s'en alla de Bethel ;
„ Car tousiours reuenoit cette belle mourante
„ Luy troubler la pensée en image dolente ;
Il marchoit à grand train, vn monde de valets
Le suiuoit pas à pas, conduisant ses mulets,
Et les Chameaux courbez sous vne ample famille,
„ Estoient comme vn Essain qui d'Auettes fourmille.
A la fin paruenus, apres beaucoup de maux,
Luy, femmes & suiuans, & tous ses animaux
Chez les Chananeans, en baisant la contrée
Que son Pere habitoit, il en benit l'entrée ;
Et faisant choix d'vn lieu rempli d'amenité
Il y fit son sejour en toute humanité.
Ioseph fut de Iacob, les delices, la vie
Dont ses freres germains en murmuroient d'enuie.
„ Et comme on voit en l'air se former peu à peu
„ Durant la canicule vn nuage de feu,
„ Puis tout à mesme temps fondre sur l'hemisphere
„ En tonnere grondant de la premiere Sphere ;
Ainsi de iour en jour, cette jalouse humeur
En ses freres croissant, augmentoit la rumeur.
Enfin l'orage creue, & voicy la merueille ;
Ioseph dormant vn jour en sursaut se resueille,

CHAP. XXXVII. Habitation de Iacob. Ioseph aimé de son Pere. Ses songes diuers Conspiration contre luy. Il est vendu aux Israëlites, & mené en Egypte. Dueil de Iacob, qui le tient pour mort.

Va trouuer ses aisnez, frottant encor ses yeux,
Apres la vision qui luy venoit des Cieux.
Ie songeois (leur dit-il) qu'en vne grande plaine;
Qui d'espics tous dorez se voyoit toute pleine,
Nous estions tous ensemble occupez en ce lieu
A nos gerbes lier, & la mienne au milieu
Se tenoit haute & droite, & vos onze gerbées
S'inclinoient deuant elle en terre recourbées:
Apres il me sembla, que chacune à son rang
La venoit adorer d'vn courage bien franc.
Ainsi conta Ioseph sa chance & sa fortune;
„ Ses freres cependant esmeus comme Neptune
Lors que de son Trident il irrite les flots,
Du profond de leurs cœurs se creuoient en sanglots,
Quoy, disoient-ils entr'-eux, qu'elle iuste apparence,
Nous peut faire souffrir ce cadet d'esperance?
Ce petit songe-creux nous fera donc la Loy?
Nous serons ses sujets, sera-t'il nostre Roy?
Non, ne l'endurons pas, ou mourons ou qu'il meure,
Depeschons-en le monde, à l'instant à cette heure.
Tout beau, freres, tout beau, c'est vn de nos germains,
De son sang innocent ne soüillons point nos mains,
Que feroit Israël, c'est son œil, sa lumiere,
C'est son bien, & son tout, c'est son amour premiere,
Icy Iuda se teust, & les autres s'en vont
Diuersement aigris du desplaisir qu'ils ont.
Vn peu de temps apres, il eut vn autre songe
Que le temps descouurit n'estre point vn mensonge,
Il se voyoit assis sur vn Throsne doré,
Et dans ce haut estat s'estimoit adoré
Du Soleil, de la Lune, & d'vn rang d'onze estoiles,
Veritez que le Ciel ombrageoit de ses voiles.
Son Pere, qui sçauoit la science des Saints,
Connût bien d'où venoient ces celestes desseins;
Il l'en reprit pourtant, dissimulant son ire.
Voudrois-tu (luy dit-il) par ton songe nous dire
Qu'auecque moy, ta mere, & tes onze germains,
Deuions tous t'adorer, & mesme à jointes mains?
Oste ce grand orgueil de ta folle ceruelle,
Ne nous entretiens plus de pareille nouuelle:

Ses freres enuieux alors plus que iamais
N'eurent plus en leur cœur de treue, ny de paix,
Qu'ils n'eussent tous iuré, que d'vn songe comique
Il en reüssiroit vn effet bien tragique.
A tant ils sont partis, recellans en leur sein
Deuant leur Geniteur leur funeste dessein.
Mais Iacob, qui connût leur naturel sauuage,
Remarqua que leur front presageoit quelque orage:
„ Leurs yeux estincelloient, comme ces faux Ardans
„ Qu'on voit durant la nuit en Comettes rodans;
„ Comme le Nautonier auisé ne mesprise
„ Vn vent qui quelquefois la mer frise & refrise,
Iacob choisit Ioseph, ainsi qu'vn Alcyon,
Pour calmer cette mer, grosse de passion;
Va viste (luy dit-il) & vole à tire d'aisle
Vers tes freres aisnez, & rapporte fidele
Comme vn humble cadet, l'estat de leur santé,
Rends-leur tous les deuoirs de vraye charité.
Tout aussi-tost Ioseph, sans regarder derriere,
Part viste de la main, enfonce la carriere;
Ce merueilleux jeune homme auoit tous les attraits
Que Nature peut mettre en ses plus beaux portraits:
Il estoit si charmant, & si beau de visage,
Qu'il donnoit de l'amour à tout sexe, à tout âge;
„ Ses freres seulement, comme s'ils eussent veu
„ La Gorgonne au reuers; ou bien s'ils eussent beu
„ De ce fleuue enchanté, qui donnoit de la haine,
Ne pouuoient le souffrir, ny le voir qu'auec peine
Ainsi dés le moment qu'ils ont jetté les yeux
Sur leur pauure Cadet, vn dessein furieux
S'empara de leur cœur, & de leur cœur il passe
A dire qu'il falloit sur luy faire main basse.
Le voicy le Seigneur, qui sur nous s'esleuant
Se veut faire adorer, comme vn Soleil leuant,
Mais Ixion jadis n'embrassa qu'vne nuë:
Donnons luy (dirent-ils) d'vne mesme venuë
Qu'il meure par nos mains, & que sa vanité
Perisse quand & luy dedans l'Eternité.
Gardons bien, dit Ruben, qu'il ne passe l'Auerne
Voicy tout à propos vne creuse cisterne.

Iettez-moy là-dedans ce gentil Deuineur,
Vous sauuerez ainsi sagement vostre honneur.
Aussi-tost ses Aisnez sa robe luy osterent,
Et comme il auoit dit, ils le precipiterent;
Mais Iuda plus humain leur dit d'vn zele ardent:
Afin de preuenir ce funeste accident,
S'il meurt, que dira-ton de nous Israëlites?
Il vaut bien mieux le vendre à des Ismaëlites?
Des Marchans d'Ismaël Ioseph est achepté
De vingt pieces d'argent fut le pris arresté,
Qu'ils donnent pour l'auoir à Iudas qui le liure
Et dans l'Egypte alors ses Maistres le font suiure,
Lors Iudas dit aux siens, on n'en parlera plus
Laissons à la fortune en faire le surplus.
  Ayant ainsi parlé voila qu'il leur desrobe
Le cœur par ces raisons; ils font teindre sa robe,
Auec malignité dans le sang d'vn cheureau,
Apres auoir vendu cet innocent Agneau.
De ce pas ils s'en vont, contre-faisans leur mine
Chez leur Pere Iacob qui presque le deuine.
Quoy donc mon bien aymé, mon cher Ioseph est mort!
Quel destin rigoureux, & quel mal-heureux sort
L'a passé deuant moy dans la funeste Barque?
Ha! Pere desastré: C'estoit moy que la Parque
Vouloit mettre au tranchant de son fatal ciseau,
Racontez hardiment cet accident nouueau,
Despeschez vistement, sans me tenir en peine.
Vn si triste accident nous met tous hors d'haleine,
Pour le faire à l'instant tel qu'il est deuant vous,
Mais mon Pere voilà qui parlera pour nous.
Comme ils disoient ces mots d'vne façon dolente;
L'vn d'eux laissa tomber cette robe sanglante,
Et dit à mesme temps, vn farouche animal
A deuoré Ioseph, & nous cause ce mal.
  Il n'eut pas acheué, que Iacob deuint blesme
Et surpris à l'instant d'vne douleur extreme,
Il tomba de son haut, & pasma deuant eux
Comme il fut reuenu se prenant aux cheueux,
Il rompit ses habits, se vestit d'vne haire.
Ioseph mon cher enfant las! ie ne me puis taire,

Las! qui me donnera, qu'apres ce dur reuers
Mon ame en pleurs s'escoule, & deuale aux enfers?
Il en fit vn tel deuïl, & ietta tant de larmes,
Que mesme les aisnez en eurent des alarmes.
Les jours estoient pour luy de tres-obscures nuits,
Et les nuits se passoient en de cuisans ennuis.
Mais tout finit enfin: Le temps est la racine
Qui soulage nos maux, & porte medecine,
Encore que souuent le pur sang de son cœur,
S'exprimast par les yeux en amere liqueur;
„ Car tousiours, & par tout nageoit en la pensée
„ Du bon Pere Israël cette image blessée.

CHAP. XXXIX. Ioseph chery de son Maistre, Et fait intendant de sa maison: Ses heureux succez: Accusation fausse contre luy: Son emprisonnement.

Tandis nos Pelerins trauersans monts & vaux
Arriuent en Egypte, apres quelques trauaux?
Vn Monarque pour lors tenoit ce grand Empire,
Il auoit la douceur qui les peuples attire,
L'Oliue florissoit, dont le fruit sauoureux
Cultiué de Pallas, y rendoit tout heureux.
Et le grand Pharaon, du peuple les delices,
Cherissoit les bontez, & punissoit les vices;
Different de celuy, que l'on vit abismer
Poursuiuant Israël dedans la rouge mer.
Aussi-tost qu'arriua la trouppe Ismaëlite,
Elle offre à Putiphar Ioseph Israëlite.
C'estoit vn grand Seigneur, & le premier Baron,
Qui commandoit l'armée au grand Roy Pharaon
Ioseph estoit aymable, & charmant à merueilles,
Son visage esclattoit de beautez nompareilles:
Aussi de Putiphar il fut tres-bien receu,
Et mesme il en fit cas dés qu'il l'eut apperceu.
Sa bonne mine estoit sa lettre de creance
Qu'il portoit quand & luy, par tout en asseurance.
Il le fit intendant de toute sa maison,
Il ne rendoit qu'à luy son compte de raison.

Mais tousiours icy bas ne nous rit la fortune,
Elle change de face, ainsi que fait la Lune,
La bonace s'enfuit aussi-tost qu'elle vient,
Et iamais le bon-heur au comble ne paruient.
C'est icy le miroir de l'inconstance humaine;
Ioseph estoit heureux si sa dame inhumaine

N'eut puisé de l'amour de ses yeux innocens:
Elle auoit des beautez à charmer tous les sens,
Mais c'estoit vn escueil, où maintes foles ames,
Auoient brisé leur nef, par leurs impures flammes.
Ioseph seul fut l'objet de ses cheres amours,
Et sans luy desormais ce sont nuits que ses jours:
Bref ce petit Archer, par vne viue œillade,
Qui penetra son sein, la rend d'amour malade.
Auant que descouurir le secret de son cœur,
Elle apprit à son œil comme il seroit vainqueur,
Comme il falloit iouër de la double prunelle
Pour contraindre Ioseph à souspirer pour elle.
Si Ioseph estoit beau de visage & de corps
Il auoit l'ame belle, & dedans, & dehors,
Continent, & tout pur d'effet & de pensée,
Sans se laisser brusler d'vne flamme insensée,
Son teint tout coloré de roses & de laict
Monstroit bien que son cœur n'eut iamais rien de laid:
Aussi dessus son front vne pudique honte,
De celle qui l'aimoit ne daigna tenir conte;
Ses regards les plus doux, & ses mots languissans
Pour triompher de luy se trouuoient impuissans,
Ces globes releuez sur vn beau sein d'albastre,
Ne pouuoient l'esmouuoir ny le rendre idolâtre:
Comme elle s'en prenoit à son mauuais destin
Voicy l'occasion d'vn celebre festin;
Offrant à ses desirs sa grace fauorable,
Elle pour le plaisir mesprisant l'honnorable
S'en seruit à propos, & la prend aux cheueux,
En voyant au matin l'Idole de ses vœux
Passer au cabinet où elle estoit couchée,
L'appelle, & dextrement deuers luy s'est panchée.
Ie vous tiens, luy dit-elle, ô ma chere beauté,
Iouïssons maintenant en toute liberté
Des delices d'amour, pendant que la fortune
Nous en donne loisir, & nous est opportune.
Que fera cet Agneau dans les dents de ce loup?
Ha! qu'il aura de peine à se parer du coup!
Sa Maistresse le tient, & l'estraint, & l'embrasse
Plus il s'en veut deffaire, & plus il s'embarasse:

Mais le chaste Ioseph inuoquant le Seigneur
Sortit de ce combat à son plus grand honneur,
Estouffant cet amour comme il venoit de naistre
Il garda son honneur, & celuy de son Maistre:
Comment (ce luy dit-il) mon Maistre ma donné
Ceans tout le pouuoir, & tout abandonné,
Horsmis vous son espouse, ha! que plustost mon ame,
Que luy faire ce tort, deuale sous la lame.
Cette Dame offensée au plus tendre du cœur,
Versant de ses beaux yeux quelque moite liqueur
Changea tout à l'instant sa passion en rage,
Et sur cet innocent esmeut vn grand orage.
De ce pas elle va, ses cheueux tous espars,
Son sein plombé de coups, saignant de toutes parts,
Ses yeux baignez de pleurs qui luy seruent d'amorce,
Se plaindre à Putiphar de l'amoureuse force,
Qu'elle dit auoir fait cet Hebreu jouuenceau,
A leur commun honneur. Et monstrant son manteau,
Le voicy, cria-t'elle, il l'a laissé pour gage.
En criant à la force, au secours, à l'outrage.
Ainsi parla l'Espouse, & son Espoux la creut;
Puis voyant ce manteau, sa fureur il accreut:
Ie rougis (luy dit-il) de sa haute impudence,
De toute ma maison il auoit l'intendance
Mais puis qu'il m'a traitté si temerairement,
Qu'on le mette aux cachots ce mauuais garnement.
Sus donc! qu'on se depesche, ostez-moy cette honte,
Ie ne le puis souffrir, la fureur me surmonte.
Aussi-tost qu'il eut dit, aussi-tost il fut fait,
L'innocent du coupable endura le forfait.
Ainsi le bon Ioseph sans forme ny figure
Fut mis les fers aux pieds dans la prison obscure.
Mais Dieu, qui prend tousiours grand soin des innocens,
Luy mit dessus le front des charmes si puissans
Qu'il rauit le Geolier de sa belle presence,
Enchanta les captifs par sa sainte eloquence,
Si bien que si l'on peut estre libre en prison
Ioseph le fut icy comme dans sa maison.

CHAP. XL. Songes de deux pri-

Il auint en ce temps vne auanture estrange,
Qui le fit en ces lieux adorer comme vn Ange:

Parmy les prisonniers deux seruiteurs du Roy
Se treuuent dans les fers en tres-grand desarroy;
L'vn estoit l'Eschançon, homme assez debonnaire,
Et l'autre Pannetier de la bouche ordinaire.
Cettuy-cy donc vn jour, assoupy de sommeil,
Eut le cerueau troublé d'vn songe nomparcil.
Il luy sembloit porter dedans l'air, sur sa teste
Trois corbillons de pain, à qui faisoient la feste
Tous les oyseaux du Ciel, & de leurs becs tranchans,
Venoient l'vn apres l'autre au dernier s'attachans,
Si bien qu'en peu de temps ils en firent curée,
Et puis prinrent leur vol en la voûte azurée.
Enfin tout disparut, ainsi que vent en l'air,
Et le songe finit auecque son parler.
Tous estoient en silence à ces grandes merueilles,
Et prestoient attentifs à l'autre les oreilles
Qui deduisit ainsi ce qu'il auoit songé,
Apres en auoir d'eux obtenu le congé.
En mon profond sommeil ie pensois (dit-il) estre
Humblement à genoux deuant le Roy mon Maistre,
Que i'espreignois és mains trois grappes de raisin,
Dedans sa couppe d'or, dont il beuuoit le vin,
Et qu'estant à son goust, il eut fort agreable,
Que i'en peusse fournir de pareil à sa table;
Ayant ainsi parlé, chacun ietta les yeux
Vers le sage Ioseph; qui d'vn front gracieux
Leur dit, puis qu'il vous plaist que i'en sois l'Interprete
Il faut que tout le monde audiance me preste.
Au pauure Pannetier mauuais sera le sort,
Et l'Eschançon viendra surgir en vn bon port.
Le premier doit finir auecque violence,
Le second trouuera sa grace en la presence
Du grand Roy Pharamon. Celuy-cy dans trois jours
Sera remis en charge, & l'autre au mesme cours
Pendu sur vn gibet, où sa chair deschirée
Aux oyseaux carnassiers seruira de curée.
Si-tost qu'il eut fini, leurs visages songeurs
„ Changent comme l'Iris de diuerses couleurs.
L'vn auoit vn beau teint, tout parsemé de roses,
Et l'autre auoit le sien plein de Metamorphoses:

sonniers domestiques de Pharaon, que Ioseph explique, & ce qui s'en ensuiuit.

Ainsi va le destin, l'vn pleure, & l'autre rit;
Mais enfin aise & pleurs, tout ensemble perit.
Les auditeurs rauis de ce double presage,
Esleuoient iusqu'au Ciel vn jeune homme si sage;
Et Ioseph desdaignant de passer pour deuin,
Reiettant ces honneurs, sans en faire le vain,
Il pria l'Eschanson de l'auoir en memoire,
Lors qu'il seroit remis en son estat de gloire.
Ce qu'il dit arriua de la mesme façon,
Le Pannetier pendu, & remis l'Eschanson.
Ce Ganymede ingrat perdit la souuenance
Et de son bien-facteur, & de son innocence.
Ia deux ans s'escouloient qu'il ne s'en parloit plus,
L'Eschanson pour Ioseph auoit escarté flus:
„Il estoit de ceux-là qui dedans la Bonace
„N'ont souuenir de Dieu que lors qu'il les menace;
Dauanture Morphée assoupit d'vn sommeil
Composé de Pauots, de laict, de vin vermeil,
Le grand Roy Pharaon. Et ce sommeil le plonge
En sa couche endormy dans vn merueilleux songe.

CHA. XLI. Ioseph ayãt esté vray Interprete des Songes de Pharaõ, est deliuré de prison, & fait Gouuerneur d'Egypte: Sa preuoyance contre la famine.

Il voyoit prés d'vn fleuue abondant en pastis
Sept vaches, dont les peaux formoient vn maigre pis;
Et tout en mesme temps, dedans la mesme plaine
Sept grasses, qui portoient leur pis à toute peine:
Derechef il voyoit parmy l'or de Cerés,
Sept espics affamez, & en d'autres gurets,
Sept autres bien grenus, qui luy faisoient enuie
D'en faire moissonner, pour soustenir sa vie;
Ce qui l'estonna plus, la vache au maigre dos,
Deuora de la grasse & la chair & les os;
Et la belle moisson fut aussi deuorée
Par les menus espics ars du vent de Borée:
Ny le maigre bestail ny les menus espics,
N'en deuindrent plus gras, mais bien encore pis:
Voila sa vision de tous poincts accomplie,
Il faudra qu'vn deuin sa science déplie.
Il estoit desia tard, si bien que le Soleil
Auoit fort auancé les rayons de son œil;
Quand ce Prince estonné de ces songes estranges,
Fait conuoquer chez luy du Nil iusques au Ganges

Les Sages du païs, & tous ses Talismens,
Qui n'en font point de cas, non plus que de Romans,
„ Comme le fier Lyon, quand la rage le pince,
„ Bat son flanc de sa queuë, ainsi ce braue Prince
Animé de fureur, enrageoit de bon cœur
De se voir estimer par les siens vn moqueur.
Il est bien dangereux d'irriter son Monarque,
Qui desia menaçoit ces sçauans de la Parque,
N'eut esté l'Eschançon, qui tout à l'heure vint,
Et du chaste Ioseph en ce lieu se souuint.
Sire (dit-il au Roy) ie demande vne grace;
Que vostre Majesté m'octroye en cette place:
Dans vos sombres prisons est esclaue vn deuin,
Qui m'expliqua mon songe, il est homme diuin:
Commandez, s'il vous plaist, que Ioseph on ameine,
S'il ne deuine tout, j'en subiray la peine:
Comme la mer s'appaise au chant de l'Alcyon,
De mesme Pharaon calma sa passion,
Au discours que luy fit le Maistre de sa couppe:
Il commande à l'instant que l'on brise & l'on coupe
Les chaisnes & les fers de ce jeune captif,
Qu'à ce commandement aucun ne soit retif,
Qu'on amene au Palais ce bon Israëlite;
Aussi-tost on enuoye vne troupe d'élite
Executer son ordre, exprés, de poinct en poinct,
Sur peine de la vie, & qu'on n'y manque point.
Apres l'ordre du Roy, le chef de cette trouppe,
Ordonne le depart, luy leger saute en crouppe
Galoppe à toute bride, & les vistes coursiers,
Couurent soudain de poudre, & l'air, & les sentiers:
Enfin le bon Ioseph fut tiré de sa cage,
Pour estre oyseau des champs, & chanter son ramage
Deuant son Souuerain, des grands Roys le Soleil,
Qui fit luire sur luy les rayons de son œil,
Auec tant de douceur; ce fut-là l'influence,
Dont sa maison & luy receurent l'abondance,
Mais cela se verra dans son temps & son lieu,
Lors qu'il aura pour nous inuoqué le grand Dieu.
Ioseph fut bien venu dans la Cour du Monarque
Il l'embrasse de cœur, pour signal & pour marque

Qu'il auoit jà pour luy de l'inclination
De qui l'Eternité se bornoit en Sion.
Pharaon voyoit bien du fonds de sa belle ame
Rejallir en sa face vne diuine flamme.
Deux ou trois jours apres le Roy le fit venir,
Pour des songes passez luy dire l'aduenir.
Vos songes ne sont pas des songes, mais Oracles,
Oracles, non grand Roy! mais plustost des miracles
Que Dieu veut operer pour vous, & vos sujets
En faueur du païs: Ce sont ses chers objets.
Les sept vaches qui ont vne si maigre mine,
Presagent par sept ans vne extreme famine;
Et les sept en bon poinct, au gros pis & laitté,
Sept ans pareillement d'alme fertilité;
Ainsi les sept espics, laids & beaux tout ensemble
Sont la prediction de mesme ce me semble,
Et l'vne & l'autre auront par tout cet Vniuers
Mesme borne de temps, & le mesme reuers.
Ioseph parloit encore, & toutes les oreilles
Du Prince & des sujets pendoient à ces merueilles.
Mais quand il eut mis fin à sa prediction,
Chacun luy donne gloire & benediction.
Pharaon l'encherit, embrassant le Prophete,
Et tient sa vision heureusement parfaite.
Aussi fut-il mené dessus vn char doré,
Par l'ordre du Monarque, & du peuple adoré.
Il ayma tant Ioseph, & son humble innocence,
Qu'il le fit Vice-Roy, Souuerain en puissance,
En la terre d'Egypte, & qui tenoit en main
Le timon de l'Estat, sous vn Roy si humain.
C'estoit son confident, & ses cheres delices,
Qui manioit l'argent, & toutes ses milices,
Tout ce qu'il ordonnoit n'estant iamais choqué,
Passoit pour vn Edict, sans estre reuoqué.
Ioseph de Pharaon interpretant les songes,
Qu'on ne doit pas tousiours prendre pour des mensonges,
L'aduertit de choisir quelques hommes exprés,
Pour mettre en ses greniers les tresors de Cerés,
Et se fournir ainsi dans les sept ans fertiles,
De la cinquiesme part de ces grains tres-vtiles,

Afin de subuenir aux degasts importans,
Que la sterilité feroit dedans ce temps.
Ce conseil plaist au Roy, qui pour sa recompense,
Luy donne de l'Estat la seconde puissance;
Et luy dit, sousmettant tout son Peuple à sa Loy,
Ie ne veux que du Throsne estre plus grand que toy;
I'ordonne qu'en Egypte, où ie te fais le Maistre,
Sans ton commandement aucun n'ose parestre.
Lors le Roy de sa main tirant son propre anneau,
Le remit à Ioseph; & d'vn crespe fort beau
Luy couure tout le corps, puis couronne sa teste,
Luy met vn collier d'or, dans cette Auguste feste
Et par vn prix d'honneur, qui n'eut iamais d'égal,
Le fit monter luy mesme au second char Royal.
Apres par ses Herauts il leur annonce encore,
Qu'on reçoiue à genoux Ioseph, & qu'on l'adore,
Comme le Gouuerneur du grand Roy Pharaon,
Lors l'appellant Sauueur, il luy change son nom.
Vne cruelle faim persecutant le monde
Durant sept ans entiers, rend l'Egypte infeconde,
Tout le Peuple en fremit, menacé du trespas,
Et pour s'en exempter, il vend ses champs ingrats
A ceux qu'à cet effet le grand Ioseph ordonne,
Dans cette extremité n'abandonnant personne,
Ainsi sont annexez au domaine du Roy
Tous les biens des sujets qui reçoiuent sa loy.
Mais comme tous les jours la famine s'augmente,
Ce peuple est à la fin luy mesme mis en vente,
Et pour deuoir sa vie à sa captiuité,
Il l'achette sans doute auec trop de cherté;
Puisque pour reparer la terre desolée,
Sa liberté si douce est enfin immolée:
Mais Ioseph intendant des affaires du Roy
Remet les champs acquis aux sujets sous leur foy,
Les chargeant de tenir la terre cultiuée,
Et de plus de fournir au Roy par chaque année
Le Quint de tout le bled qu'il en pourroit tirer;
A quoy le Peuple alors consent sans murmurer.
Pendant cette longueur des sept ans d'abondance,
Il enuoya par tout de sa seule ordonnance

Enleuer des fourmens, pour fournir les greniers
De son pays d'Egypte auecque ses deniers,
Afin de garentir les sujets de son Prince
De la cruelle faim, & quelque autre Prouince.
Or durant que Ioseph pouruoit ainsi les siens
L'abondance finit, & les terrestres biens
De tous costez cessoient. Les terres infertiles
Ne rapportoiét plus rien soit aux champs soit aux villes.
Aduint en mesme temps famine tout par tout,
D'vn bout de l'Vniuers iusques à l'autre bout;
La seule Egypte estoit exempte d'infortune,
La pire qui soit point, & la plus importune.
Pharaon se voyant en vne pleine paix,
Le bled dans ses greniers à monceaux bien espais,
Le vin dans ses celiers regorger en la tonne,
L'or & l'argent à tas qui tout le monde estonne,
Aymé de ses sujets, recherché des voisins,
Et des Roys qu'il nommoit par honneur ses Cousins;
Soulagé par Ioseph du fais de son empire,
Ce cheri de ses yeux par qui seul il respire;
„ Heureux deux, & trois fois, heureux le Potentat
„ Ayant en paix, en guerre vn Ministre d'Estat,
„ Dont la fidelité, le soin, la conscience,
„ L'entretiennent tousiours dedans la confiance,
„ Qui ne conseille point son Roy mal à propos,
„ De fouler ses sujets de taxes ny d'impots.
Ce Prince desirant qu'vn fidele hymenée
Acheuast le bon-heur, & fit la destinée
De son premier Ministre, asseuré du pouuoir
Qu'il auoit sur les siens, souhaitte le pouruoir.
Comme Maistre il eut soin, qu'il eut vne Maistresse,
Qui le pust enlacer dedans l'or de sa tresse,
Qui le pût diuertir par ses yeux reluisans,
Des soucis de l'estat, tousiours par trop cuisans:
Ioseph en fut content pour plaire à son bon Maistre,
Comme aussi pour se voir en ses enfans renaistre,
Il prit pour son Espouse vne fille d'honneur
Qui fut tant qu'il vesquit son bien & son bon-heur,
Aseneth, belle au corps, & plus belle en son ame,
Conseruoit pour Ioseph en pureté sa flamme,

Ne brusloit que pour luy, pour luy de jour en jour
Augmentoit son honneur auecque son amour.
Ils eurent deux enfans de leur chaste hymenée,
Dont l'aisné Manassez vint la premiere année,
Le puisné tost apres seconda son germain
Que ses parens rauis nommerent Ephraïm.
Cependant la famine augmentoit sur la terre
Et faisoit aux Mortels vne effroyable guerre,
Elle alloit tout par tout d'vn insensible pas,
Des hommes langoureux aduancer le trespas.
Et parmy ces langueurs couper les foibles trames
Des Peres, des enfans, des maris, & des femmes.
Les tristes habitans des Bourgs & des Citez
Fuyoient dedans les champs tout à coup desertez;
Mais lors qu'en leur chemin ils se traisnoient à peine
La faim les abbattoit à leurs corps inhumaine;
On comptoit aisément le nombre de leurs os,
Tant Diaphane estoit l'espine de leur dos.
Enfin c'estoit pitié, mais la plus pitoyable
Qui se pust iamais voir en la terre habitable;
Ce monstre si hideux par tout faisoit affront,
Horsmis dedans l'Egypte où ne parut son front.

CH. XLII. Iacob enuoye dix de ses fils en Egypte, pour y achetter des grains. Ioseph leur en donne, & de l'argent, à conditiõ qu'ils luy ameneront Benjamin.

En ce temps Israël sur ces vieilles années
Voyoit cette famine, aux rides surannées
Gagner tousiours pays sur les terres d'autruy,
Et comme à ses voisins venir bien-tost à luy.
Sçachant donc qu'en Egypte on exposoit en vente
Pour or, & pour argent la moisson iaunissante,
Les presens de Cerés, nourrissiers des humains
Il enuoya ses fils, les dix freres germains.
En la terre du Nil fournis de bonnes sommes
A l'achapt de ses grains, pour luy & pour ses hommes.
Ils partent du logis viste comme vn esclair,
Parauant que le jour fut encore bien clair.
L'Aurore encor n'auoit saffrané les montagnes,
Ny doré de ses pleurs les humides campagnes:
La perle estoit encor sur les plus belles fleurs,
Et l'herbe des prez verts degoustoit de ses pleurs;
Quand ces freres entr'-eux renforçans leur courage
Alloient doublans le pas pour haster leur voyage.

Au grand Pays du Nil, où le sort les conduit,
A force de marcher, & de jour & de nuit.
Ils sont rauis de voir le riuage fertile
Du grand fleuue du Nil, dont le coulant vtile
Arrose le terrouër par tout abondamment,
Tous les ans vne fois, par son desbordement.
Estans dans le Pays, l'vn des freres descouure
Du Prince Egyptien le magnifique Louure.
Tous y vont de ce pas trouuer le Vice-Roy,
Qui les voyant tourna ses yeux vers la paroy,
(Bon sang ne peut mentir,) & sa bonne naissance
Fit que de ses Germains il eut reconnoissance:
Son cœur pesle-meslé, d'amertume & plaisir,
Ne peut bien s'accorder aucque son desir.
„ Comme on voit le Soleil obscurcy d'vn nuage,
„ Se fondre tout à coup, & dissiper l'orage,
Il les voit de bon cœur, ainsi que ses Germains,
Et les voit à regret, comme des inhumains:
Mais enfin la Nature, & l'amour fraternelle,
Emporta le dessus d'vne haine eternelle
Si faignit-il pourtant, car ayant fort bien veu
Que ses freres Germains ne l'auoient reconnu,
Il n'en fit pas semblant, mais leur dit de furie
Quelles gens estes-vous? & quelle est vostre vie?
Osez-vous, impudens, entrer en ce pays?
Visages d'Espions? Vous estes esbahys?
Sus viste respondez à ce que ie demande,
Ie l'entends, & le veux sur peine de l'amande.
Si iamais on a veu des gens bien estonnez,
Se regarder l'vn l'autre, & se tordre le nez,
On a veu tout ces dix ne dire aucune chose,
Et le front abbaissé tenir tous bouche close;
Si falloit-il parler deuant le Gouuerneur,
Luy donner des raisons, & recouurer l'honneur
Qu'on leur venoit d'oster aucque vitupere.
Nous sommes douze en nõbre enfans d'vn mesme Pere,
Le Cadet est chez luy, mais le puisné n'est plus,
Il a passé du Stix le funebre reflus:
Nous auons (dit Iudas) fait grande diligence,
Pour nous fournir icy de grains en abondance,

Par l'ordre de Iacob noſtre bon Geniteur,
Retenant Benjamin, dont il eſt Amateur;
Vous ſuppliant, Seigneur, le croire, & qu'il vous plaiſe
Nous liurer du froment, vous le ferez bien aiſe.
Comme il eut reſpondu, Ioſeph dit, viue Dieu,
Si tu ne me promets d'amener en ce lieu
Dans vn mois au plus tard, terme que ie limite
Sans nul autre delay, ce petit Benjamite,
Vous ſerez tous punis, comme des Eſpions,
Qui venez obſeruer nos foibles baſtions,
Et tes freres icy demeureront pour gage
Si tu ne veux toy ſeul te bailler en oſtage.
Ainſi fut fait l'accord, & les freres germains
Partirent à regret, bien que fournis de grains:
Quand ils furent chez eux, vne choſe nouuelle
Les rendit tous penſifs, & les mit en ceruelle;
Ils trouuent leur argent dans le coin de leurs ſacs,
Et croyans que par tout on leur tendiſt des lacs,
Deſcouurent à Iacob l'affaire qui ſe paſſe;
Luy d'abord s'en eſtonne, & deuient tout de glace.
De ſes deux yeux s'eſcoule vne humide liqueur,
Mais remis à la fin il reſout en ſon cœur,
Bien qu'à ſon grand regret, qu'il faut quoy qu'il arriue
Y renuoyer ſes fils, que Benjamin les ſuiue,
Qu'on rende au Vice-Roy tous ſes deſirs contens,
Et que l'on paye au double en beaux deniers comptans.

CH. XLIII Partement de Benjamin: Son arriuée en Egypte, & le bon accueil que luy fait Ioſeph.

L'ayant ainſi conclu, la troupe Iſraëlite
Reprend le grand chemin de la terre d'Egypte.
Le petit Benjamin pour retirer Iudas,
Et pour auoir du bled, s'en alloit à grand pas,
Les autres tous penſifs, preuoyans bien l'orage,
De parler en allant n'auoient pas le courage.
„ Comme on voit vn Parterre eſmaillé de ſes fleurs
„ Qu'vne greſle a gaſté de ſes trop rudes pleurs;
Ainſi le bon Iacob, plorant à chaudes larmes,
Et navré dans ſon cœur de funeſtes alarmes,
De ſon fils Benjamin regrettant le depart,
Ne ceſſoit de s'en plaindre, & viuoit à l'eſcart,
Sans que l'on pût iamais donner reſiouïſſance
A ce cœur deſolé qu'en ſa chere preſence,

Cependant qu'Israël auoit la larme à l'œil,
L'Egypte se fit voir au leuer du Soleil
A ses tristes enfans qui souffrent vn meslange
De joye & de douleur, accident bien estrange
Mesmement à l'aspect du grand Palais du Roy;
Mais lors que prosternez deuant son Vice-Roy,
Ils eurent satisfait aux desirs de son ame,
Luy monstrant Benjamin, du Pere le dictame,
Ioseph, qui l'accueillit d'vn geste plus qu'humain,
De tendresse pleurant, se cacha de la main.
Le temps n'estoit venu de faire reconnoistre
A ses freres aisnez, & son sang & son estre;
Ny qu'il fut ce Ioseph de qui les visions,
Auoient blessé leurs cœurs de dures passions:
Nous en auons deuant representé la scene,
Du bas iusqu'au plus haut de la puissance humaine.
Le Vice-Roy d'Egypte ayant veu son desir,
Auoir vn bon succez, & selon son plaisir,
De viures, & de grains tous chargez les renuoye;
CH. XLIV. Moyens tenus par Ioseph, pour esprouuer ses freres, & ce qui en arriua.
Mais comme ils s'en alloient, tous transportez de joye;
Ils auisent de loin quelques soldats armez
S'acheminer vers eux, de fureur animez.
Comme on voit l'esperuier du haut de l'air en terre
Fondant sur le gibier, l'accrocher de la serre;
Ainsi pouuoit-on voir cet innocent troupeau,
Entouré de ces loups, reuenir au Chasteau.
A peine est-il entré, que de peur qu'il n'en sorte,
L'on se saisit des clefs, l'on referme la porte;
Le pont-leuis se leue, & le tout en estat,
On accuse Israël de vol & d'attentat:
On luy fait maint reproche, & beaucoup plus de honte,
Qu'ayant esté traitté bonne chere, & sans conte,
Il auoit desrobé la grande couppe d'or
Du Vice-Roy d'Egypte estimée vn tresor.
Du petit iusqu'au grand, tout le monde s'excuse,
On rit de leurs sermens, partant on les recuse:
Simeon se rend pleige, & conteste en tous cas,
Qu'on les fouïlle par tout, qu'on deslie leurs sacs,
Qu'on voye iusqu'au fond, enfin qu'on reuisite
Ou bon leur semblera, la trouppe Israëlite.

Qu'il veut souffrir la mort, si l'on la peut trouuer
Sur eux & dans leurs sacs, ou contr'-eux le prouuer.
Quelque asseuré qu'il fut il parroissoit tout blesme
Or Ioseph fit cela par vn beau stratageme
Qui fut pour esprouuer ses freres peu à peu,
Comme on esprouue l'or dans le creuset au feu.
D'onze qu'ils se trouuoient pour mieux faire la queste
On fit ranger chacun, & pres de luy sa beste,
Cela fait on alla fouïller de main en main
Le grand iusqu'au petit & mesme Benjamin.
Or Ioseph commanda que sa couppe d'élite
Fut mise au fond du sac du petit Beniamite;
Vn seruiteur adroit, le fit si dextrement,
Qu'il l'eut bien plustost fait, que l'on ne sceut comment.
Desia de l'vn à l'autre on vint iusqu'au dixiesme,
Et puis à Beniamin le dernier & l'onziesme,
Alors que les plus grands deposans toute peur
S'asseuroient d'escarter cette noire vapeur.
Hé quoy, s'escrioient-ils, ce cadet de la trouppe,
Auroit-il bien osé desrober cette couppe?
Ils ne le pouuoient croire & s'estonnoient du fait;
Mais bien-tost le succez en descouurit l'effet,
On vint au fond du sac, comme dans quelque abysme
Où par l'esclat de l'or se descouurit le crime.
On rapporte à Ioseph, le petit Beniamin
Auoir par trop subtil fait vn tour de sa main;
Et qu'on a descouuert au sac, le pot aux roses.
Leur visage à l'instant plein de Metamorphoses
Et changeant à tout coup de mine & de couleur
Monstra diuersement leur secrette douleur.
Cependant que Ioseph, qui sçauoit cette affaire,
Dans son ame rauy, pensoit tout le contraire;
Mais quand cette machine eut ioüé ses ressorts
Ce qu'il cachoit dedans, il le mit au dehors.
Enfin il se resout de finir leurs alarmes,
Et tout saisi de ioye il en verse des larmes:
Il court les embrasser, & sur tous Beniamin,
En se manifestant pour Ioseph leur germain.
De cet éuenement vn chacun d'eux s'estonne,
Bien plus que d'vn esclair, quand il pleut, ou qu'il tonne,

CHA XLV. Ioseph console ses freres, s'estant fait connoistre à eux; Puis il les renuoye, chargez de Dons & de viures.

Auec ordre exprés de Pharaon d'amener leur Pere, qui s'en resiouit.

Ayans tousiours les yeux sur ce bel œil riant,
Qu'ils ont voulu coucher dés son clair Orient.
Apres les complimens, & les cheres caresses,
Dont on peut s'auiser en semblables liesses,
Ioseph les fit disner, & s'assit auec eux,
De s'estre retrouuez s'estimans tous heureux :
La couppe d'or trotta parmy tout ce beau monde,
Et chacun à son tour la vuidoit à la ronde :
Pendant ce grand festin la musique de Luts,
Comme Echo respondoit aux brindes & saluts.
La santé de Iacob n'y fut pas oubliée,
Celle pareillement de sa chere Alliée.
La Vice-Reine encor s'y rendit à la fin,
Pour couronner la feste, & ce braue festin;
Où Ioseph raconta toute son auanture;
Qu'on tint pour vn effet excedant la Nature;
Et puis ayant noyé leurs haines dans les pots,
Ioseph les conuia de prendre leur repos;
Lors que le lendemain l'Aurore aux doigts de roses,
Eut du jour lumineux les barrieres decloses,
Il les conduit au Roy, pour luy baiser les mains,
Auec des complimens qui ne furent pas vains.
Pharaon à l'abbord les reçoit en sa grace,
Pour l'amour de Ioseph, les cherit, les embrasse,
Leur fait de beaux presens, de joyaux, des habits,
Auecques des chameaux, & nombre de brebis.
Ayans remercié sa Majesté Royale
De tant de biens receus de sa main liberale,
Ioseph requit son Roy d'vn tres-humble maintien;
Qu'apres auoir esté iusqu'alors son soustien,
S'il auoit trouué grace en sa chere presence,
Il luy pleut octroyer de sa pleine puissance
Que le grand Israël leur Geniteur à tous
Vint dedans son pays embrasser ses genous;
Qu'il y pût establir en paix vne demeure
Pour luy fermer les yeux, quãd Dieu voudra qu'il meure.
Que le mesme Iacob, que luy, que ses germains,
Seroient tousiours soûmis à ses puissantes mains,
Que fideles sujets ils luy feroient hommage
Comme estant du grand Dieu, sur la terre l'Image.

Ce qu'il luy demanda luy fut soudain permis,
Et le cachet Royal aussi-tost y fut mis.
L'amour va plus auant, & tousiours se renforce,
Comme la Renommée en s'en allant prend force:
Pharaon fit sçauoir au Maistre des Courriers,
D'atteler chariots, & chameaux & coursiers,
Pour amener Iacob, & toute sa famille,
Son bagage & son train en sa Royale ville.
Lors Ioseph se prosterne aux pieds de son grand Roy,
Ses freres font le mesme & luy donnent leur foy.
Mais ce Prince monstrant vne amoureuse face,
Fit releuer Ioseph, & tous ceux de sa race,
Qui baiserent ses mains auec humilité,
Esleuans tous au Ciel sa liberalité.
Auant que de partir, ce superbe Monarque
Donna de son amour vne puissante marque,
Par cet eschantillon Iugez de son excez;
Apres auoir permis chez luy ce libre accez,
Il leur fit vn banquet où la mer, & la terre
Sembloient comme à l'enuy s'entre-faire la guerre.
La mer auoit ses mets, & la terre les siens,
C'estoit vn vray chaos que cet amas de biens,
Qui leur furent seruis sur les tables couuertes,
Pour l'amour de Ioseph, à tous venans ouuertes.
Le Roy leur fit l'honneur de boire à la santé
Du bon pere Iacob, & là fut arresté
Le depart des Germains, quand l'Aube safranée
Auroit le lendemain ramené la Iournée;
Ainsi s'en vont joyeux les enfans d'Israël,
Auecque Benjamin leur petit Raphaël.

CH. XLVI. Iacob loue les bontez de Pharaō, Est rauy d'apprendre le bonheur de son fils Ioseph: Et se met en chemin pour l'aller trouuer.

Si-tost qu'ils sont entrez au logis de leur Pere,
Iacob voyant le front de Benjamin leur frere,
Comme vn Astre brillant, qui luit tout de nouueau,
Desseicha le cristal coulant de son cerueau.
Mais quand il eut appris au vray toute l'histoire
De son puisné Ioseph, il ne la pouuoit croire,
Son sens y repugnoit, & cet éuenement
Luy sembloit estre vn songe, vne fable, vn Romant:
Encore moins put-on par de beaux mots l'induire
A quitter son pays, pour ailleurs le conduire,

Sinon quand il eut veu les Chariots dorez,
L'attirail des Mulets, si richement parez,
Et les dons precieux enuoyez par le Prince,
Capables d'enrichir vne grande Prouince.
Comme s'il eut dormy d'vn sommeil ocieux
Il commença deslors à deciller ses yeux;
Et pensant en soy-mesme au sens de cet Oracle,
Qu'autrefois il leur dit, s'asseura du miracle.
Vn Aduocat secret plaidoit dedans son cœur
La cause de son fils, triomphant, & vainqueur.
Est-il vray que Ioseph, apres qui ie souspire,
Soit viuant (disoit-il) & qu'encore il respire?
Quel obiet puis-je auoir plus cher en l'Vniuers;
Parauant que ie sois la pasture des vers?
Il faut donc que vers luy mes foibles pas i'adresse,
Autrement ie serois coupable de paresse.
Non! non, ie le verray, s'il plaist au Tout-puissant,
Encore que ie sois vn pauure languissant:
Ie veux rassasier de sa veuë la mienne,
Ainsi qu'il saoulera de ma veuë la sienne,
Le sort en est ietté, c'est chose que ie veux,
Et pour rendre de plus à Pharaon mes vœux,
Pharaon ce grand Roy, de qui la bien-veillance
A mis dans ma maison la corne d'abondance,
Qui de biens m'a comblé, moy-mesme & mon enfant,
Qu'il a fait de sa main Vice-Roy triomphant,
Non, ie serois ingrat, vice par trop infame,
Qui iamais iusqu'icy n'eut place dans mon ame.
Ainsi parla Iacob, & dés le lendemain,
Le sacrifice fait, il se mit en chemin.
Israël fut assis le long de son voyage,
Sur vn char tapissé de fleurs, & de feüillage,
Où ne pouuoit souffler le plus petit Zephir,
Qui ne fust pour son bien & pour le rafraischir.
Autour de luy ses fils, ainsi qu'vne Couronne,
Ou comme vn pampre verd, que le sep enuironne,
D'agreables deuis tous gais & tous contens,
Luy faisoient en chemin passer beaucoup de temps.
Deuant son char marchoiẽt quelques vns pour conduite,
Et tout son train derriere auec toute la suite:

CH XLVII
Ioseph va audeuant de son Pere, en intention de le presenter à Pharaon, aucque ses freres. Le Roy leur donne la terre de Iessen, pour s'y establir.

Comme ils s'en alloient donc en ce superbe arroy,
Ils descouurent l'Egypte, & le Palais du Roy:
Iacob le vit fort bien, & desia par la voye
S'empare de son cœur vne secrette ioye.
C'estoit pour en mourir, n'eut esté le desir
Qu'il auoit d'embrasser Ioseph à son plaisir.
Desia le Vice-Roy mourant d'impatience,
De voir son Geniteur, & toute son engeance,
Auoit secrettement dépesché de ses gens
Auec ordre d'agir en hommes diligens:
Les vns prompts à courir, sembloient auoir des aisles,
Et les autres par tout posoient des sentinelles,
Pour descouurir Iacob, & par diuers sentiers
Luy donner des aduis qui fussent tous entiers.
Comme il dit, il fut fait; aussi-tost il commande
Qu'on attele son char, & que la mesme bande
L'accompagne en chemin, pour aller au deuant
De son Pere Iacob, & de son train suiuant.
Il n'estoit pas bien loin, qu'il vit dedans la nuë
S'esleuer de leurs pas vne poudre menuë,
Il y court à l'instant, comme s'il eut volé,
Fendant l'air & le vent de son Pegase aislé.
Mais relache ma Nef, cale voile, & t'arreste,
Ou si tu veux passer tien toy ferme, & t'apreste
Pour aller plus auant en ce sacré destroict
Des Colomnes d'Hercule, où le sentier estroict
Ne se peut trauerser, sans demander la grace
Au grand Dieu d'Israël d'en poursuiure la trace.
Tout s'esiouït icy, mesme les Elemens,
De voir se rencontrer ces deux parfaits amans;
Rendez-moy le soulas de vostre salutaire
Ou commandez, Seigneur, à ma voix de se taire;
Mais, ô Muse, poursuy, car desia ie ressens
Vn tout diuin Zephir halener mes accens.
L'Aurore commençoit de dorer les montagnes,
Et d'emperler de pleurs les prez & les campagnes,
Lors que le Vice-Roy bruslant d'vn saint desir
De tenir prés de luy Iacob à son plaisir,
Détacha de son gros vn seruiteur fidele,
Maistre de son hostel, afin qu'à tire d'aisle,

Il vole wistement deuers son Geniteur,
Luy dire que son fils est son vray seruiteur;
Qu'il est le bienvenu dans l'Estat de son Prince
Qu'il pouuoit s'asseurer d'vne riche Prouince,
Fertile en moissons d'or, en herbage, en pastis
Capables de nourrir les grands & les petits,
Attendant son Seigneur, qui venoit en peu d'heure
Luy confirmer le tout, & marquer sa demeure.

CH. XLIX. Tendresses mutuelles de Iacob & de Ioseph, à leur entreueue. Iacob traitté magnifiquemēt par Pharaon, prend possession du pays de Gessen; Et meurt quelque temps apres.

Il n'auoit pas encor finy ce compliment,
Ny chargé le Courrier d'vn dernier mandement,
Lors que l'heureux Ioseph, le Sauueur de l'Egypte,
S'en vint accompagné de toute son eslite,
Humblement prosterné, baiser les cheres mains
De son Pere Iacob, le meilleur des humains.
Leurs cœurs pesle-meslez ne pouuoient se deprendre,
Ny leurs embrassemens l'vn à l'autre se rendre;
Tant ils estoient pressez de tendre affection:
Tout le monde rauy contemploit l'action
Et du Pere & du fils, dont les ames colées
Recommençoient tousiours leurs douces accolées;
Si bien qu'on ne pouuoit des-vnir ces deux cœurs
Pour qui le fier destin n'auoit plus de rigueurs.

Enfin Ioseph conta sa diuerse fortune,
Que Dieu l'auoit permis, pour leur estre opportune,
Qu'il auoit d'vn grand mal sceu tirer vn grand bien,
Sans qui certainement ils ne seroient plus rien.
Auecque ses discours que son bon Pere admire,
Au pays de Gessen, il s'en va le conduire,
Pays delicieux, & fertile en tous biens,
Dont le grand Pharaon le pourueut, & les siens.
En cet aymable lieu les riantes prairies,
N'auoient pas moins d'esclat qu'en ont les pierreries;
Leur esmail naturel rendoit les yeux contens,
Et leur representoit vn eternel Printemps.

Ioseph ayant marqué le logis de son Pere,
Et de tous ses Germains retint son dernier frere,
Qu'il desira chez luy, pour y faire sejour,
Puis dés le lendemain, aussi-tost qu'il fut jour,
Il ramena Iacob au Palais magnifique
Du grand Roy Pharaon, Monarque pacifique;

Bien à peine eut-il veu sa haute Majesté,
Qu'il adora sa face en toute humilité.
Ce Prince, en l'embrassant, luy fit tant de caresses,
Adioustant à tous coups aux offres les largesses,
Que le bon Israël en fut tout esbloüy;
Ioseph dans le transport, Benjamin resioüy;
Et chacun des aisnez eut aussi son partage,
Donnant contentement à tout le parentage.
Alors le Roy voulut que son Maistre d'Hostel,
Fist aux hostes nouueaux vn festin solennel.
La terre & l'Ocean fournirent de viandes,
Toutes esgalement exquises, & friandes:
On ne pouuoit rien voir de plus delicieux;
Les poissons de la mer, & les oyseaux des lieux
Sembloient nager dans l'onde, & voler dans les nües
Ou mesme estre venus des terres inconnuës.
Le vin rioit en l'or, agreable liqueur,
Qui les resioüissant, leur renforçoit le cœur.
Pharaon cependant du haut bout de la table
Beuuoit au bon Iacob de ce ius delectable,
Et Iacob fit raison à cette Majesté,
Qui l'obligeoit ainsi de boire à sa santé.
Durant tout ce banquet, les clairons & trompettes,
La musique de luts, violons, espinettes,
Et le concert des voix pesle-meslez entr'-eux,
Resioüissoient les cœurs de sons harmonieux;
On fist feste trois jours parmy toute l'Egypte,
Pour l'amour de Iacob, le bon Israëlite.
Mais tandis que la troupe est sur son partement
Ioseph aux pieds du Roy se prosterne humblement,
Et le prie à genoux de luy faire la grace
De venir festiner, & de boire à sa tasse
Dans le superbe enclos des pauillons voûtez,
Où l'auoient fait loger ses Royales bontez,
Auant que de conduire en la terre promise,
Iacob son Geniteur, & sa troupe sousmise.
Le Roy l'ayant promis; apres ces passe-temps,
Les conuiez s'en vont chez eux gais & contens:
Iacob vesquit encor quelque nombre d'années,
Et puis il termina ses saintes destinées:

CHAP. L. Ioseph transporte les os de son Pere, &

Finit ses iours heureusement. Ses predictions aux siens.

Ioseph ferma ses yeux, & transporta ses os
Au tombeau de Rachel, le choix de son repos.
Comme la vertu seule au monde est asseurée,
Rien n'estant icy bas d'eternelle durée;
Ioseph cher à son Prince, & zelé dans sa foy,
Finit aussi son temps, en braue Vice-Roy;
Mais auant que mourir, tout à coup il assemble
Ses plus proches parens, & les conuie ensemble
De faire entre ses mains vn serment solemnel;
Quand ses yeux seront clos d'vn sommeil eternel,
De transporter ses os en cette Terre-Sainte,
D'où le miel & le lait coulent en son enceinte;
Terre fertile en tout, & de promission,
Dont Iosué bien-tost prendra possession;
Que le Dieu d'Israël reserue à leur franchise,
Leur race n'estant plus à l'Egypte sousmise.
Ses Freres à l'instant, auecque ses neueux,
Par promesse & serment souscriuent à ses vœux.
Le temps s'esuanouit, & les plus belles choses
S'en vont à leur neant, ainsi que font les roses:
Les bonnes actions seules auront leur pris,
Tant qu'au Ciel regneront les bien-heureux Esprits.
O tres-chaste Ioseph, ô diuin Patriarche,
Qui foulez maintenant l'azur de la Sainte Arche,
Suppliez le grand Dieu, qu'il oste de mon cœur
Le feu d'impureté, dont vous fustes vainqueur.

FIN.

De l'Imprimerie de FRANÇOIS PREUVERAY.

Extrait du Priuilege du Roy.

PAr Lettres Patentes de sa Majesté, données à Paris le 15. d'Octobre 1646. signées par le Roy en son Conseil, COLLOT, & seellées du grand sceau de cire jaune. Il est permis au sieur DE SAINT PERES, Conseiller, Tresorier Payeur de la Gendarmerie de sadite Majesté, de faire imprimer pendant cinq années, par tel Imprimeur qu'il voudra, *l'Histoire de Ioseph Vice-Roy d'Egipte, tirée de la sainte Bible, nouuellement composée en vers François selon le texte de la sainte Escriture*, & pendant ledit temps, deffences sont faites à tous Imprimeurs, Libraires & autres personnes, de les imprimer, vendre & distribuer, si ce n'est du consentement de l'exposant, sur peine de deux mil liures d'amende, confiscation, & autres peines plus amplement contenuës audit Priuilege, à la charge de mettre deux Exemplaires en la Bibliotheque de sadite Majesté.

Acheué d'imprimer pour la premiere fois le deuxiesme jour de Ianuier 1648.

www.ingramcontent.com/pod-product-compliance
Lightning Source LLC
LaVergne TN
LVHW052019160826
845678LV00003B/1112